AF358850

LA SAISIE

DES

BRODEQUINS

D'APOLLON

Par l'Huiſſier du Parnaſſe.

OU

SATIRE

Contre la Piece intitulée *les Lundis*
du Reparateur *des Brodequins*
d'Apollon.

Dediée à S. A. R. Monſeigneur
le Duc d'Orleans.

A PARIS,

Chez {
Antoine VVarin, ruë S. Jacques prés
la Fontaine S. Severin, au S. Scapulaire.
ET
La Veuve Jean Cochart, au cinquiéme
Pillier de la Grande-Salle du Palais.

AVEC PERMISSION,
M DCCII.

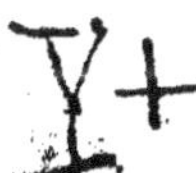

A

SON ALTESSE ROYALE

MONSEIGNEUR

LE DUC D'ORLEANS

ONSEIGNEUR,

J'ose pour une seconde fois presenter à VOSTRE ALTESSE ROYALE *une petite production de ma Muse: Vous m'ac-cuserez peut-être de temerité, de ce que,*

ſçachant que, *Qui que ce ſoit au Monde, n'a le goût ni plus fin, ni plus delicat, que V. A. R.* pour décider des ouvrages les plus ſublimes, j'expoſe à ſes yeux une bagatelle de cette nature ; mais l'honneur que j'ai, MON-SEIGNEUR, d'être né dans l'étenduë de vôtre Domaine & d'une famille attachée de tout tems à vôtre Maiſon Royale, me fait prendre cette liberté. Trop heureux, ſi la lecture de cette plaiſanterie vous diver-tit un moment. Je ſuis avec un profond reſpect,

MONSEIGNEUR,

DE VOTRE ALTESSE ROYALE,

Le tres-humble & trés-obéïſſant Serviteur,
REMY Huiſſier & Commiſſaire de
l'Hôtel de Ville de Paris.

LA SAISIE
DES
BRODEQUINS
D'APOLLON,

Par l'Huissier du Parnasse.

SATIRE.

L'Autre jour dans l'Olimpe, il se fit un Banquet,
Le Nectar y rendit Momus un peu roquet ;
Plein de ce doux breuvage, à la Troupe celeste
Cet illustre Railleur ne fut jamais si peste :
Sur sa langue naissoient l'épine, & le chardon,
Chaque pointe portoit un dangereux lardon,
Et sans même épargner le Maître du Tonnerre,
Jupiter, luy dit-il, tes foudres sur la Terre
Frapent plus de rochers, que de pâles Humains :
Mais j'en vois de plus sûrs en de meilleures mains,
C'est LOUIS, qui les tient, ce Heros de ta race,
De ses fiers Ennemis en sçait punir l'audace :
Et tandis que tu prens dans les Cieux ton repos,
Sur de coupables Chefs son bras frape à propos.
En vain *l'Anglois* fremit & *le Batave* gronde,
De le voir & la Gloire, & l'Arbitre du Monde ;
Ses coups, ses moindres coups, les font pâlir d'effroy,
Et malgré tout ton bruit, on songe à peine à Toy.
Laisse-moy, dît Jupin, goûter mon Ambrosie,
Loin qu'un si grand Mortel me fasse jalousie,

Je me plais de le voir avec tant d'équité
Marcher, comblé de Gloire, à l'Immortalité :
Charmé de ſes Vertus, plus que l'on ne peut dire,
Je veux bien avec luy partager mon Empire,
Et tandis que les Cieux ſe reglent par mon bras,
Je luy laiſſe le ſoin de gouverner là-Bas.
Momus alors tourna ſa langue goguenarde
Contre le blond Phebus, qui, pour ſe mettre en garde,
Se leva bruſquement du celeſte Eſcabeau ;
Et comme il eſt des Dieux, conſtamment le plus beau,
Qu'il a la jambe fine, & la taille charmante,
Avec cela le Chef de la Troupe ſçavante,
Et plus parfait danſeur, que *Pecourt*, ni *Ballon*,
Peux-tu, dit-il, Momus, gloſer ſur Apollon ?
Eſt-il Endroit, en moy, ſujet à ta ſatire ?
Examine-moy bien, vois ce que tu peux dire ;
Conviens de bonne foy, petulent Babillard,
Qu'un Dieu fait comme moy, ne craint point un
    brocard ;
Touchant en même temps ſa Lyre inimitable,
Il fit cent Entrechats prés la divine Table,
Toûjours en ſe moquant du coſtique Cenſeur ;
Mais Momus à ſon tour, fronçant ſon nez railleur :
Beau mignon, luy dit-il, qui cachez vôtre nuque
Sous les rayons dorez d'une blonde perruque,
Jeune & coquet Marquis, petit Maître des Cieux,
Vous n'étiez pas ſi vain jadis en d'autres lieux,
Quand vôtre Déïté pour certaine ſaillië,
Se vit par Jupiter bannir en Theſſalie,
Avez-vous oublié, qu'y gardant les brebis
En Paſtre malheureux, vous viviez de pain bis :
Que rempli des ſecrets d'un infernal grimoire,
Vous n'y pouviez qu'à peine attraper, de quoy boire,
Malgré vôtre ſçavoir, la Pucelle Daphné
N'échapa-t-elle pas à vôtre amour berné ?
Et chez Laomedon, ſous figure mortelle,
Ne vous a-t-on pas vû manier la Truelle,

Cribler, gâcher le plâtre, ou bien porter l'Oiseau ?
Tout-beau, répond Phebus, fade Plaisant, tout-beau:
Respecte d'Apollon le divin Caractere ;
Que sert le souvenir d'une vieille Misere ?
Modere, dans ta bouche, un temeraire flux ?
Dis-moy ce que je suis, & non ce que je fus :
Vous êtes, dît Momus, un Poupin plein de grace,
Mais par vôtre chaussure, un Baron de la Crasse :
On ne vous vit jamais, si mal en *Brodequin*,
Le Cuir est de peau *d'Asne* & non de maroquin,
Quiconque vous a fait une telle Chaussure,
Entend mal, à mon gré, la divine Parure,
Avec ce beau castor, & ce linge tres-fin,
Pourquoy ne pas plutôt chausser un Escarpin ?
Sans aller par les soins d'une *Main savetiere*,
Vous *enbrodequiner* d'une sotte maniere.
Où diantre avez-vous pris ce Rimeur *sabrenot* ?
Un Ris universel éclata sur ce mot,
Et le Sire Apollon piqué de cet outrage,
Sentit un vermillon luy monter au visage :
Tel son rayon le peint sur un amas confus,
Que forment au Couchant cent nuages rompus,
Quand plongé dans les Eaux, au bout de sa carriere,
Il Lance encor sur eux sa mourante lumiere,
Le pinceau le plus fin ne sçauroit imiter
Les brillantes couleurs, qu'on y voit éclater ;
Mais la Pourpre, sur tout, est celle qui domine,
Et telle on l'aperçut sur la face Divine,
Quand portant sur ses pieds, avec honte, ses yeux,
Il vid ses *Brodequins*, dont rioient tous les Dieux :
Oüy, dit-il, en couroux, il faut que je l'avoüe,
Ces vilains Brodequins ne sont bons qu'à la boüe,
Je veux (passé ce jour) ne les revoir jamais,
Et sçauray me vanger du Fou qui les a faits :
Alors plein de dépit, il appelle Mercure :
Cher Ambulant, dit-il, vole, je t'en conjure,

A iiij

Va là-bas, va punir, ce Poëte infenfé,
Ce *Savetier de Vers*, qui m'a fi mal chauffé :
On ne fçauroit affez châtier fon audace,
Jé veux qu'en vray Baudet, on l'étrille au Parnaffe,
Et qu'avec le ramas de mes autres Oifons,
On le faffe enfermer aux Petites Maifons.
Suffit, Sire Apollon, luy répondit Mercure,
Fiez-vous fur mes foins, pour vanger cette injure :
On voit en même temps ce celefte *Defgretz*,
Ce prompt Exécuteur des fouverains Decrets,
Aîlé jufqu'aux talons, partir en diligence,
Comme un Faucon leger, il plane fur la France,
Fait fon cercle en volant, & décend dans Paris :
Il entend auffi-tôt publier à grand cris,
Brodequins d'Apollon, qu'un pate divine
Vient de reffemeler pour danfer fous F * *
Ouvrage à comparer aux nouveaux Opera,
Ouvrage curieux pour qui l'achetera,
Le fubtil Meffager, de fa main larroneffe,
Efcroque un Brodequin, & puis avec vîteffe
Revole dans l'Olympe, & par fon prompt retour,
Fait un plaifir fenfible à la celefte Cour :
Apollon le premier va droit à luy, l'embraffe,
Voilà, luy dît Mercure, un faux fruit du Parnaffe,
Un éloge pompeux de vos beaux Brodequins.
Lifons ce fol écrit, dit le Roy des Blondins,
Peut-on dans les fureurs d'une verve indifcrete,
Souffrir un Savetier s'ériger en Poëte ?
On lit, & l'on y voit que le plus grand des Fous,
Tout prêt à fe noyer dans de fales égoûts,
Que font fous l'Helicon les Ondes poëtiques,
Y trouva par malheur des Brodequins antiques,
Qu'il les prit, & voulut qu'ils fuffent d'Apollon,
Et de fon Favory s'étant donné le nom,
Se dit *Reparateur* de fa vieille chauffure,
Tous les Dieux en bon vent rirent de l'Aventure;

Mais Apollon piqué de ce Trait insolent,
Une seconde fois dépêche l'Ambulant.
Va, dit-il , & Retourne encore sur la Terre,
Prends un de ces Grivois à rude & dure serre,
Un *Huissier* sans quartier, un grifonneur d'Exploits,
Qui sur ce fade Auteur, impose ses dix doigts ;
De cet Audacieux, pour me faire justice,
Minos vient de signer ce Decret de Police,
Il est en bonne forme, & tu n'as qu'à songer
A bien choisir l'Huissier, qui voudra s'en charger.
Mercure en même tems rapelle à sa memoire
Le souvenir heureux d'un Porteur d'écritoire,
Qui de la même plume, en stile bien divers,
Ecrivoit à la fois, des Exploits, & des Vers :
Apollon s'écria, je sçais qui tu veux dire ,
C'est *Remy*, que mon feu de temps en temps inspire,
Va, tu me fais plaisir, c'est justement mon fait,
Qu'il Exploite en brave homme, il sera satisfait ;
Je le connois ; souvent il monte ma Terrasse,
Entre mes Favoris on le voit au Parnasse,
Et sans sçavoir un mot de Latin, ni de Grec,
D'un Archet assez drôle, il touche mon Rebec.
Un jour il fit des Vers à l'honneur des deux Princes, *
Qui portent les grands noms des vineuses Provinces,
De l'Ouvrage applaudy, certain Admirateur ,
Ne put, quoiqu'on luy dît, convenir de l'Auteur:
On ne fait point si bien par la seule Nature,
Dit-il, & maints Docteurs ont la langue moins pure,
Mais bien-tôt du contraire il se vit éclairci,
Le Rimeur arriva, ce qu'il fit, le voici.

* *Messeigneurs les Ducs de Bourgogne & d'Orleans.*

Sur l'Air de Grimaudin.

J'Entonne souvent au Parnasse
  Un chant nouveau,
D'Apollon j'en reçu la grace
  Dés le berceau ;

Sans le Grec, & sans le Latin,
Je possede le Ton Divin.

Je suis inspiré d'une Muse
Sans le Musa,
Aux champs ce fut la Cornemuse
Qui m'amusa :
A Paris, la Lyre à la main,
Je possede le Ton Divin.

L'Incredule à ces traits, revient, se desabuse :
Mais c'est mal à propos que ce discours t'amuse,
Il est temps de partir, va, cours diligemment,
A ce digne *Loyal* porter mon Mandement :
Aprens-luy d'Apollon la volonté suprême,
Qu'aidé de bons Records, qu'il conduira luy-même,
Il fasse au Savetier passer mes noirs guichets,
Et saisisse par tout ses Brodequins malfaits :
Va vîte, & me raporte en diligent Mercure,
Un bon *Procés verbal* de sa prompte capture ;
Sur tout, qu'on prenne garde à la formalité,
Les chicaneurs Humains gobent la nullité,
Au fait dont il s'agit, elle seroit énorme,
Le fort d'un Savetier est certes sur la *forme.*
Mercure part & vient, empressé pour le Dieu,
Me tirer par la manche en un bachique Lieu :
Je voudrois bien, dit-il, me parlant à l'oreille,
Monsieur le *Contraignant*, vous décoëffer bouteille ;
Je viens de Normandie avecque le moyen
D'humecter le palais chez le fameux *Payen* :
J'étois avec un Peintre, & Peintre qu'on apelle,
Tres-ironiquement le fils aîné d'Apelle,
Dieu sçait si le propos du Plaideur travesti,
Sçut me déterminer à prendre mon parti :

Nous voilà chez Payen, poularde delicate,
Un Coulange vineux, qui chatoüille & qui grate,
Bonne mine, bon feu, l'agreable liqueur
Répend, & fait couler l'allegreſſe en mon cœur,
Nous trinquons, nous choquons, & cent fois en
      moy-même,
Livrant toute mon ame à ce plaiſir extréme,
Je rêvois, & diſois, ſe peut-il; qu'un Normand
Confi dans les procés, vive ſi noblement ?
Les Cieux dans le païs de la fatale pomme,
Ont fait, en luy, renaître Adam le premier homme ;
Car enfin aujourd'huy, Piliers des Tribunaux,
Tous les Plaideurs normands ſont d'avares Grimaux.
Je rendis grace alors, à la Bonté divine,
D'avoir armé mon corps d'une main ſergentine,
Et comptant mes plaiſirs par mes futurs Exploits,
Je ne pouvois ceſſer de contempler mes doigts :
Mais reprenant alors ſa divine parure,
Au lieu d'un franc Normand, je reconnus Mercure.
Interdi & ſurpris à ce brillant aſpect,
Un ſilence profond luy marque mon reſpect :
Je tombe, il me releve, & me dit, ma puiſſance
N'exige rien de toy, qu'un peu d'obéïſſance,
De ſervir Apollon tu fais tout ton plaiſir,
Fais ce qu'il veut de toy, marche, & va te ſaiſir
De ce Poëte fou, dont la Verve ſe flate
De chauſſer Apollon d'une vieille ſavate ;
Du Decret contre luy par Minos prononcé ,
Je te fais le Porteur, arrête l'Inſenſé:
Je reçois le Decret, Mercure ſe retire,
Et je fais mon Verbal, tel que l'on va le lire.

L'An mil ſept cens & deux, *le douze Fevrier,*
   En vertu d'un Decret, écrit ſur beau papier,
Decerné par Minos, d'équité ſans reproche,
Et ſigné du Greffier de la noire Bazoche,

Pourfuite d'Apollon, Patron des bons Auteurs,
Elifant domicile à l'Hôtel des Neuf Sœurs.
Je *Sergent de Police* aux Etats du Parnaffe,
Donc fameux Exploiteur, mais fujet à difgrace,
Tenant ma refidence aux pieds de l'Helicon,
Prés du puit, où fouvent je remplis mon flacon ;
Tranfporté me ferois en Cafe fort antique,
Où *Scellier* Savetier tient petite boutique,
A l'effet de faifir, & mettre fous ma main
Les Oeuvres, & le Corps de ce chetif Humain,
Attendu qu'Apollon par fon indigne Ouvrage
A reçu dans les Cieux un furieux outrage,
Qu'au lieu de le chauffer de galans Efcarpins,
Il a, d'un Cuir ufé, fouré fes Brodequins.
Arrivé dans l'endroit, parlant à fa perfonne,
En deux mots il aprend ce qu'Apollon m'ordonne :
Il me demande grace, & pour mieux m'attendrir,
J'ai, dit-il, un écu, pourroit-on vous l'offrir ?
Au furplus, qu'ai-je fait, pour perdre d'un article,
Liberté, cuir, alêne, & fil gros, & manicle ?
Monfeigneur Apollon eft un peu trop cruel :
Faire de méchans Vers, eft-ce être criminel ?
G * * ce Libertin, dont les rimes impures,
Diftilent un fiel noir & fourmillent d'ordures :
G * * des Vertueux & l'horreur, & l'effroy,
Dans fes indignes Vers rime-t'-il mieux, que moy ?
Que fais-je dans les miens ? d'une Verve fidelle,
Je chante un Roy brillant d'une Gloire immortelle,
Et mes vieux Brodequins n'ont pas le moindre point
Qui de mon zele pur ne foit un bon Témoin :
Pour un ample refus je prends ce qu'il prononce,
Et luy fais fur le champ entendre ma réponfe.
Eft-ce à toy, Savetier ? vil Poiffeur de fil gros,
Eft-ce à toy de chanter le plus grand des Heros ?
Sur fes hautes Vertus le plus ferme chancelle,
* Pour peindre un Alexandre, il faut être un Apelle :

* *Penfée de M. Boileau.*

Eft-ce à toy d'entonner, fur un fiflet de bois,
Les travaux éclatans du plus parfait des Rois ?
Ofe-tu, fans trembler armé de ton alêne,
Entrer dans la Carriere, où *Boileau* prend haleine ?
Malheureux Precepteur des Habitans de l'air,
Ce n'eft point de L O U I S, de qui tu dois parler;
L'Encens ne fouffre point de mélange d'ordure,
Qui veut le manier doit avoir la main pure :
Et celuy qu'à la Poix la tienne ofe mêler,
Deshonore l'Autel, où tu le fais brûler :
Chetif *Reparateur* de caduque femelle,
Sifle à ton jeune oifeau quelque leçon nouvelle,
Donnes-luy le talent de chanter mieux que toy,
Peut-être en feras-tu le fanfonnet du Roy :
C'eft-là de tes Pareils la plus haute Science,
Où tu devrois borner ta vaine fuffifance,
Ainfi ne vas-donc point d'un efprit à l'envers
Hazarder de rimer de miferables Vers;
Renferme ton talent à garder ta boutique,
Ou fi de rimailler ton fol efprit fe pique,
Imite ce Cocher, qui fit de tous côtez
Bruire les Carrefours de fes couplets chantez,
L'Auteur qui ne fent pas, quelle flâme l'anime,
En rampant dans le bas, croit atteindre au fublime.
Tu peux, d'une Soubrette exprimant les regrets,
La mettre toute en feu pour quelque grand Laquais,
La faire tant aimer, ce Traître, ce Volage,
Que le pot, auprés d'elle, en écume de rage,
Ou, de l'amour champêtre enflant ton chalumeau,
Débiter au Pont neuf les foûpirs du Hameau,
Et traçant les ardeurs d'une Tête blanchie,
Chanter d'un vieux Coquet l'expirante folie.
Voilà de ton efprit le veritable fort,
Et le pouffer plus loin, c'eft faire un vain effort;
L'Illuftre *Fontenelle* en deux mots d'écriture,
Aprouvant ton audace, en a fait la cenfure,

Et mesurant l'ouvrage à ton chetif métier,
A trouvé tous tes Vers, *des Vers de Savetier.* *
Suis-moy-donc promptement, & que je mette en
    cage
Et l'ignorant Auteur, & l'indiscret Ouvrage :
Apollon veux te voir par cent bonnes raisons,
Placé parmi ses fous aux petites Maisons.
Alors de mes Records la puissante Cohorte,
Se saisit du Poëte, hors de chez luy l'emporte ;
Tous ses vieux Brodequins sont par nous arrêtez,
Et tous sont avec luy dans la prison gîtez,
Avec défense expresse au Public de les lire ;
Et l'ayant écroüé, soudain je me retire,
Aprés avoir signé ce bon Procés verbal,
Sauf à luy son apel au Divin Tribunal,
Il poura s'y pourvoir ; mais avant qu'il y vole,
Il faut suivant la regle, icy-bas un *Contrôlle,*
Je l'attends du Lecteur, & pour payer ses droits,
Gratis, je luy feray de semblables Exploits.

    ** M. de Fontenelle en donnant son approbation au bas de la
Piece de Henry Scellier, a dit qu'elle étoit bonne quant à la
qualité de l'Auteur.*

FIN.

Permis d'imprimer, ce 21. Fevrier 1702.
M. R. DEVOYER D'ARGENSON.

De l'Imprimerie de la Veuve L. Vaugon,
ruë de la Vieille Boucleric, à la
Baniere de France, chez un
Limonadier.